Carlo Goldoni

Il signor dottore

© 2023 Culturea Editions

Texte et illustration de couverture : © domaine public
Edition : Culturea (Hérault, 34)
Contact : infos@culturea.fr
Retrouvez notre catalogue sur http://culturea.fr
Imprimé en Allemagne par Books on Demand
Design typographique : Derek Murphy
Layout : Reedsy (https://reedsy.com/)

Dépôt légal : janvier 2023
Tous droits réservés pour tous pays

ISBN : 9791041844555

Carlo Goldoni

IL SIGNOR DOTTORE

Dramma Giocoso per Musica di Polisseno Fegejo Pastor Arcade, da rappresentarsi nel Teatro Giustinian di S. Moisè l'Autunno dell'Anno 1758.

PERSONAGGI

PARTI SERIE

LA CONTESSA CLARICE vedova.
La Sig. Chiara Bassani.
DON ALBERTO cancelliere della Giurisdizione.
La Sig. Maddalena Rossi.

PARTI BUFFE

ROSINA sorella di Fabrizio speziale.
La Sig. Catterina Ristorini.
BERNARDINO finto dottore, figliuolo di Beltrame.
Il Sig. Pietro Canevai.
PASQUINA figliuola di Beltrame.
La Sig. Anna Bassani.
BELTRAME fattore del Marchese Giurisdicente.
Il Sig. Giacomo Caldinelli.
FABRIZIO speziale.
Il Sig. Gio. Battista Ristorini.

La Scena si rappresenta in un borgo, detto il Borgo Rapido,
Giurisdizione del Marchese del Cavolo.
La Musica del Sig. Domenico Fischietti, Maestro Napolitano.

MUTAZIONI DI SCENE

ATTO PRIMO
Piazzetta del Borgo con Spezieria.

Camera della Contessa.

Camera di Beltrame.

Per il Primo Ballo.

Giardino.

ATTO SECONDO
Camera della Contessa. Camera di Beltrame.

Per il Secondo Ballo.

Campagna con monte.

ATTO TERZO
Camera di Beltrame.

Sala.

Le Scene sono d'invenzione e direzione delli Signori
Domenico e Gerolamo, cugini Mauri.

ATTO PRIMO

5

SCENA PRIMA

Piazzetta del Borgo con Spezieria.

FABRIZIO *solo*.

Signor Ippocrate,
  Signor Galeno,
  Io vi voglio essere
  Buon servitor;
Ma poco desino,
  Ma poco ceno,
  Col miserabile
  Vostro favor.
O che si ammalino
  Più spesso gli uomini,
  O i miei barattoli
  Mi mangio ancor.

Oh, la passiam pur male!
Nel Borgo uno speziale
Poco può guadagnar; se vi è qualcuno
Ricco di facoltà,
Manda alle spezierie della città.
E i villani? I villani,
Prima si ammalan poco;
E poi, se per disgrazia han qualche male,
L'orto, il pozzo e la dieta è il lor speziale.
Ed io non ho guadagno,
E ho una sorella che domanda stato,
E, quel che è peggio, sono innamorato.

SCENA SECONDA

Beltrame *e detto.*

BELT.   Bondì, signor Fabrizio.

FABR.   Bondì, messer Beltrame.

BELT.   Oh, fatemi il piacere,
Per l'avvenir non voglio del messere.

FABR.   No? perché?

BELT.   Per più capi.
Prima, perché un fattore
Merita del signore; e poi mio figlio,
Che ha pigliato la laurea dottorale,
Se lo sentisse, se n'avria per male.

FABR.   Vostro figlio è dottore?

BELT.   Il mio figliuolo
Ora è il signor dottor.

FABR.   Me ne consolo.
Di legge o medicina?

BELT.   Eh, non signore,
Non è medicinale:
Egli è un strepitosissimo legale.

FABR.   (Di lui poco mi preme,
Ma la sorella sua mi sta nel cuore). *(da sé)*

BELT.   Lo conoscete mio figliuol dottore?

FABR.   Non l'ho ancora veduto.

BELT.   Se verrete
Un atto a esercitar di civiltà,
Ei vi riceverà.

FABR.   Bene obbligato.
Per or sono impegnato;
Deggio badare alla bottega mia:
Spero che lo vedremo in spezieria.

BELT.   Oh oh, non è possibile;
Star ritirato in casa
Convien che si contenti,

A ricever del Borgo i complimenti.

FABR.   Dunque verrò fra poco

S'egli mi dà l'onore.

BELT.   Mio figliuolo dottore

Testé mi ha domandato

Che pigliare vorrebbe il cioccolato.

Nessuno in casa mia

Sa nemmen cosa sia.

Voi che siete spezial, Lo conoscete?

FABR.   Io, io lo servirò quando volete.

Credo averne una libbra,

Poco più, poco meno,

Fatto, cred'io, saran dieci anni almeno.

BELT.   Presto dunque, signore,

Servite presto mio figliuol dottore.

FABR.   Subito, immantinente.

Ehi, venite, Rosina. (*verso la Scena*)

Alla sorella mia

La bottega consegno, e vengo via.

SCENA TERZA

ROSINA *e detti.*

ROS.   Chi mi chiama?

FABR.   Sorella,

State qui fin ch'io torno.

Vado a pigliar la cioccolata, e poi

Dal signore dottor verrò con voi. (*parte*)

SCENA QUARTA

Rosina *e* Beltrame

ROS.	Dite, messer Beltrame.
BELT.	(Oh, con questo messere
	La vogliam veder bella!) (*da sé*)
ROS.	È ver ch'è ritornato
	Bernardin vostro figlio?
BELT.	È ritornato
	Il signor Bernardino addottorato.
ROS.	Bernardino è nel Borgo,
	E ancor da me non viene?
	So pur che un giorno ei mi voleva bene.
BELT.	Il signor Bernardino
	D'ogni amor si è scordato,
	Dopo che colla laurea si è sposato.
ROS.	Laura? chi è questa Laura?
BELT.	Poverina!
	Voi m'intendete male:
	Ha sposato la laurea dottorale.
ROS.	Ma voi, messer Beltrame,
	Sapete pur...
BELT.	Vi avviso
	Che il titol di messere
	Io non lo voglio più.
ROS.	Sapete pure
	Che, prima di partire,
	Bernardin mi ha promesso.
BELT.	Il signor Bernardin non è lo stesso.
ROS.	Oh, cospetto di Bacco!
	Voi mi fareste dir. Così si tratta?
	Ei mi diede parola, e alfine poi,
	Un speziale qualcosa è più di voi.
	Che sia vostro figliuolo
	Dottore, arcidottore,
	È figlio di un fattore;

BELT. Onde messer Beltrame ha da sapere.
Che *messer!* che *messer!* Seco ho il *messere.*
Quattrocento ducati
Ho speso a dottorarlo,
E con una sua par vuò maritarlo.

Sì, signora, così è:
Siamo entrati in nobiltà.
Principiate un po' con me
A parlar con civiltà.
Sono il padre di un dottore.
Se mi basta del *signore,*
È un effetto di umiltà.
Sentirete che prestissimo
Mi daran dell'*illustrissimo.*
Il *messere* non si dà
Ad un uom di qualità. (*parte*)

SCENA QUINTA

ROSINA, *poi* FABRIZIO

ROS. Che ti venga la rabbia!
Costui che coi quattrini
Del patron si è arricchito,
Per un poco di ben si è insuperbito.
Bernardino mi piace,
Ho consacrato a lui gli affetti miei;
Di lui per altro non mi degnerei.
Ma l'amor mi trasporta,
E poi son nell'impegno;
Benché donna son io, non mi confondo.
Bernardin sarà mio, se casca il mondo.

FABR. Dov'è andato il fattore?

ROS.   Io non lo so.

FABR.   Credo che a casa sua lo troverò.

ROS.   Voglio venire anch'io.

FABR.   Per qual ragione?

ROS.   Perché, se nol sapete,

              Prima che voi veniste in questo loco

              A aprir la spezieria,

              Mentre la madre mia viveva ancora,

              Bernardin mi ha promesso,

              E il padre suo vuol ch'ei mi manchi adesso.

              Non si degna di me quell'animale:

              Gli par che uno speziale

              Meno sia di un fattore;

              Perché ha un figliuol dottore,

              Nobili in casa sua tutti son fatti,

              Padre, madre, sorella, i cani e i gatti.

FABR.   Voi Bernardino amate,

              Io la di lui germana.

              Ma non faremo niente,

              Se quest'uomo bestial non vi acconsente.

ROS.   Voi ridere mi fate.

              Basta che Bernardino

              Mi seguiti ad amar; sì, a questo vecchio

              Io la farò vedere.

              Sarò sua nuora, e gli vo' dir messere.

              Ho una testa sottile e bizzarra,

                  Che è capace di dire e di far.

                  Se mi metto, la voglio spuntar.

                  Oh sentite, se parlan con me,

                  Qual dev'esser il dialogo in tre.

                  «Non si ricorda, signor dottore,

                  Che mi ha promesso donarmi il cuore?»

                  «Sì, vi ho promesso, ve lo confesso,

                  Ma, senza il padre, non mi è permesso».

                  «Signor fattore, quest'è l'impegno».

«Di una speziale più non mi degno».

«Messer Beltrame, quest'è un imbroglio».

«Questo messere più non lo voglio».

«Via, Bernardino.» «Sono un dottore.»

«Messer Beltrame.» «Sono un signore».

«Siete due sciocchi. Siete due pazzi.

Non più rumori, non più schiamazzi.

Signor dottore, mi sposerà.

Messer Beltrame, si pentirà ». (*parte*)

SCENA SESTA

FABRIZIO *solo.*

È un diavolo costei: se in questa guisa

Parla e grida Rosina,

Perde il signor dottor la sua dottrina;

E il vecchio insuperbito,

S'ella parla così, resta avvilito.

Donne belle, avete il vanto

Di piacere e innamorar;

E se vano è il dolce incanto,

Viene in campo il minacciar.

Collo sdegno e coll'amore

D'ogni spirto e d'ogni cuore

Voi sapete trionfar. (*parte*)

SCENA SETTIMA

Camera in casa della Contessa.

ALB.   Lo vedo e lo confesso,

            So che indegno son io del vostro amore:

            Ardir mi ho fatto e vi ho svelato il cuore.

CONT.   No, non vi credo indegno

            D'amor, di stima.

            Il grado vostro, è vero,

            Pari del mio non è; ma vil non siete,

            E il pregio in sen di una bell'alma avete.

ALB.   Ah, con tai sensi almeno

            D'inutile pietate,

            Le mie speranze lusingar cessate.

            Nobile siete nata. Il chiaro sangue

            Dell'estinto consorte

            Fregio maggiore al sangue vostro aggiunse.

            Voi d'illustre contessa

            Quivi ostentate il grado;

            Io son nel Borgo a vivere costretto

            Curial ministro al superior soggetto.

CONT.   Tutto è ver, don Alberto,

            Ma libera son io:

            Posso voler, posso dispor del mio.

ALB.   Dunque se tal speranza...

CONT.   Ai miei congiunti

            Bramo non dispiacer. Fia noto ad essi

            Il novello amor mio; d'un uom ben nato,

            Benché in povero stato,

            Non disapprovi la famiglia il nodo,

            E troverem di convenirci il modo.

ALB.   Deh, mi conduca amore

            Lo scoglio a superar. Pien di speranza

            Parto da voi, signora,

            Ma il mio timor non mi abbandona ancora.

            Veggo in distanza il porto,

            Spero posar sul lido,

Ma son dal mare infido

Costretto a paventar.

Se dall'amor fui scorto

Dietro alle amiche stelle,

Gli scogli e le procelle

M'insegni a superar. (*parte*)

SCENA OTTAVA

La CONTESSA *e poi* BELTRAME

CONT.
Povero don Alberto, io compatisco

L'amor che nutre in petto,

Ma scherzar cogli amanti è il mio diletto.

Non mi convien tal nodo,

Lo conosco, lo so, l'intendo appieno,

Ma vuò il piacer di lusingarlo almeno.

BELT.
Con licenza, signora.

CONT.
     In questa guisa

Senza imbasciata nelle stanze entrate?

BELT.
Signora mia, scusate,

Vengo a darvi una nuova

Che vi darà piacer.

CONT.
     Qual nuova è questa?

BELT.
Nuova è tal che, son certo,

Aggradirà della Contessa il cuore:

Tornato è al Borgo il mio figliuol dottore.

CONT.
Mi rallegro davver.

BELT.
     Non ve l'ho detto?

CONT.
(Il mio piacer da questo pazzo aspetto). (*da sé*)

BELT.
Il signor Bernardino,

Dopo ch'ebbe la laurea dottorale,

Non va più da nessun, ma da una dama

Signor sì ch'ei verrà.

CONT.	Sarà un effetto della sua bontà.
BELT.	Egli è per via che viene;
	Son venuto a avvisarvi, son venuto
	La visita a appuntar, perché sappiamo
	Il trattar colle dame.
CONT.	Bravo, bravo davver, messer Beltrame!
BELT.	(Anche questa: *messere*). (*da sé*)
CONT.	Or che è dottore,
	Mancagli un'altra cosa.
BELT.	Cosa gli può mancar?
CONT.	Trovar la sposa.
BELT.	In materia di questo,
	Io lascio fare a lui; verrà a vedervi,
	Gli parlerete, e poi...
	Basta, vi aggiusterete fra di voi.
CONT.	Viva messer Beltrame!
BELT.	Compatite,
	Contessa mia, se parlo franco e sciolto:
	Questo *messere* non mi piace molto.
CONT.	Cosa vi devo dir?
BELT.	Sapete bene
	Al padre di un dottor quel che conviene.
CONT.	Il signor?
CONT.	Per lo meno.
BELT.	Qualche cosa di più?
BELT.	Sapete voi
	Che il signor Bernardino,
	Fra i studi e il dottorato,
	Mille ducati mi averà costato?
CONT.	E per questo?
BELT.	E per questo...
	Eccolo ch'egli viene.
	So quel che mi conviene.
	Signora, con licenza,
	Ve lo lascio qua solo in confidenza.
CONT.	Messer Beltrame, addio.

BELT.	*Quest'addio... quel messere...*

Vi avvezzerete a darmi del signore,

Quando vedrete il mio figliuol dottore. (parte)

SCENA NONA

La CONTESSA, *poi* BERNARDINO

CONT.	È ridicolo invero, e mi consolo

Che sarà, come il padre, anche il figliuolo.

BERN.	*Salve, domina mea.*

CONT.	 Serva, signore.

Mi consolo con voi, signor dottore.

BERN.	*Gratulor etiam tibi.*

CONT.	Questo è latin sermone.

BERN.	Frase di Marco Tullio Cicerone.

CONT.	Veramente si vede

Quanto avete studiato.

BERN.	Sono, *domina mea*, son laureato,

Nemine dissentiente,

Penitus, penitusque discrepante.

Si presenta un dottore al bel sembiante.

CONT.	Ma io certi latini

Molto non li capisco.

BERN.	*Comitissa* gentil, vi compatisco.

Mihi, si honorem dabis Docere te.

CONT.	Parlatemi italiano.

BERN.	Da che son dottorato,

Il parlare volgar me l'ho scordato.

CONT.	Come farete adunque

Parlar col padre e colle genti in casa?

BERN.	*Jam facultatem habui*

Repetere, docere,

Glossare, disputare,

E degli altri dottori *etiam creare.*

Farò dottor mio signor padre, e poi

Vi farò dottoressa ancora voi.

CONT. Questo per me sarebbe

Un onor sovragrande.

BERN. Ah, per voi, *Comitissa, Pulchra, nobilis, sapiens,*

Omni virtute plena,

Starei senza pranzare e senza cena.

CONT. (Possibil che costui

Che così sciocco io vedo

Abbia avuta la laurea? Io non lo credo).

BERN. Deh permettete, o cara,

Quod in signum amoris. (vuol abbracciarla)

CONT. Signor, con sua licenza, *(respingendolo)*

Codesta è un'insolenza;

E in fra le facoltà del dottorato,

Codesta autorità non vi hanno dato.

BERN. *Domina mea,* perdono.

Famulus vester sono.

Mecum non vi adirate;

Nec pulchritudo tua careat pietate.

Voi siete bella come una stella,

Siete brillante come un diamante,

Rosa nel volto, giglio nel sen.

Ma come stiamo dentro nel core?

Son galantuomo, sono un dottore,

So colle donne quel che convien.

Venere bella, diva dell'etera,

Ecate, Diana, Luna etecetera.

Siete l'eclittica del ciel d'amor,

Siete il barometro di questo cor. *(parte)*

SCENA DECIMA

La CONTESSA *sola.*

Certo, assolutamente,

Costui che francamente

Si spaccia per dottore,

Essere doverebbe un impostore.

S'egli avvilisce un nome

Venerabile e degno,

Scoprire un dì la verità m'impegno.

Parla meco d'amor con tal franchezza,

Come se non vi fosse

Differenza fra noi. Alberto almeno

Conosce il suo dover; merta il suo cuore

Pietade almen, se non ottiene amore.

Al passeggier talora,

  Cinto da notte oscura,

  Basta una stella ancora

  Per animare il cor.

Basta al discreto amante

  Della speranza un raggio,

  Per mantener costante

  Lo sfortunato amor. (*parte*)

SCENA UNDICESIMA

Camera in casa di Beltrame.

PASQUINA *e* FABRIZIO

PASQ.   Certo il signor dottore,

Il signor Bernardino mio fratello,

Uscito è fuor di casa.

FABR.   Il cioccolato

Io gli avea preparato.

Che torni aspetterò. Con voi frattanto,

Cara Pasquina mia,

Goderò questo tempo in compagnia.

PASQ.   No, no, Fabrizio; andatevene pure.

Se viene il signor padre

Ed il signor dottore,

Se mi trovan con voi, faran rumore.

FABR.   Perché? non sono io solito

Venir con confidenza?

PASQ.   Sì, ma v'è differenza.

FABR.   Quel Fabrizio non son che sempre fui?

PASQ.   Ora il signor dottor comanda lui.

FABR.   E per questo?

PASQ.   E per questo,

Se avrò da maritarmi,

Qualche cosa di buon vorrà trovarmi.

FABR.   Qualche cosa di buono!

Io dunque cosa sono?

Qualche cosa di tristo e scellerato?

PASQ.   Voi non siete per anche addottorato.

FABR.   Che importa?

PASQ.   Importa molto.

Usano le famiglie

L'uguaglianza cercar nei matrimoni.

Mettere non si può

La casa di un speziale

Colla nostra famiglia dottorale.

Fabrizio caro, Fabrizio bello,

Ve lo confesso, voi siete quello

Che mi ha ferito nel seno il cor.

Ma ho da dipendere,

Se vi ho da prendere,

Dall'illustrissimo signor dottor.

Non si propone, non si dispone,

Non si fa niente senza il dottor.

Tutto va bene, tutto è perfetto,

Quando l'ha detto - prima il dottor.

Fabrizio bello, Fabrizio caro,

Son la sorella di un gran dottor. (*parte*)

SCENA DODICESIMA

FABRIZIO *e poi* BELTRAME

FABR. Oh, questa sì ch'è bella!

È giunta ad impazzir fin la sorella.

Questa gente di villa

Di diventar, quando ha un dottore in casa,

Qualche cosa di grande è persuasa.

BELT. Oh siete qui?

FABR. Ci sono.

Bernardino dov'è?

BELT. Che inciviltà!

Il signor Bernardino ora verrà.

Verrà il signor dottore;

Riverirlo potrete, e fargli onore.

FABR. Il cioccolato è al foco.

BELT. Vi è bisogno del cuoco?

FABR. No, no, lo farò io.

BELT. Ecco il signor dottor: che onore è il mio!

SCENA TREDICESIMA

BERNARDINO *e detti.*

BERN.   *Salve, pater, salvete.*

BELT.   Ah, che dite? intendete? (*a Fabrizio*)

FABR.   Sì signor, lo capisco.

BERN.   Farmacopola mio, vi riverisco.

FABR.   Mi rallegro con voi.

BELT.   Con lei, si dice.

FABR.   Sì, è vero: a lei m'inchino.

BERN.   Sans façon, sans façon.

BELT.   Sempre latino.
          Siete stanco, dottore?

BERN.   Piuttosto, sì signore.

BELT.   Ehi, fatemi un piacere,
          Dategli da sedere. (*a Fabrizio*)

FABR.   Subito immantinente. (*va a prendere una sedia*)

BELT.   Aggradite il buon cuor di questa gente. (*a Bernardino*)
          Una per me. (*a Fabrizio*)

FABR.   Per voi, messer Beltrame?

BELT.   *Messere!* è un'insolenza,
          Del dottore mio figlio alla presenza.

BERN.   Padre, non vi adirate:
          Il titol di *messere*
          Non sconviene al signor.

BELT.   Se voi lo dite,
          Sarà così; ma almeno è di dovere
          Che mi dicano poi *signor messere.*

BERN.   *Optime.*

BELT.   Cosa dite?

BERN.   *Optime.*

BELT.   Lo capite? (*a Fabrizio*)

FABR.   Benissimo, vuol dir.

BELT.   Sì, sì, l'ho inteso.
          Oh, benedetti quei danar che ho speso!

FABR.   Comanda il cioccolato? (*a Bernardino*)

BERN.   E perché no?

FABR.   Subito, mio signor, la servirò. (*parte*)

<h2 style="text-align:center">SCENA QUATTORDICESIMA</h2>

BELTRAME e BERNARDINO

BELT.   Ditemi, figlio mio, con la Contessa
La cosa come è andata.

BERN.   Cospetto! è innamorata.

BELT.   Davver!

BERN.   Sicuramente.

BELT.   Le hai parlato latin?

BERN.   Perpetuamente.

BELT.   Bravo! Che cosa ha detto?

BERN.   Vidi che dal stupore
Il pelo delle ciglia avea inarcato.

BELT.   Benedetto il danar sacrificato!

BERN.   (Se la sapesse tutta,
Non direbbe così).

BELT.   Chi vien?

BERN.   Mi pare
Sia Rosina colei.

BELT.   Non le badare.

<h2 style="text-align:center">SCENA QUINDICESIMA</h2>

ROSINA e detti, poi PASQUINA, poi FABRIZIO

ROS.   Serva umilissima, signor dottore,
Me ne congratulo con lei di cuore,
Faccio il mio debito qual si convien.

BERN.   Garbata giovine, bene obbligato;
Di voi ricordomi, vi sarò grato,

21

Col nuovo titolo ch'io porto in sen.

BELT.   Avete fatto quel che si aspetta!

Egli l'ufficio cortese accetta;

Abbiam che fare, potete andar. (*a Rosina*)

ROS.   Mi discacciate? (*a Beltrame*)

BERN.   No, no, restate. (*a Rosina*)

BELT.   S'ei lo permette, si può restar. (*a Rosina*)

ROS.   (Non è ancor tempo di principiar). (*da sé*)

PASQ.   Signor dottore, s'ella comanda,

È preparata quella bevanda

Che cioccolata si suol chiamar.

BERN.   In questa camera la vuo' pigliar,

E a quanti siamo s'ha da portar.

BELT.   Presto si faccia,

Ché il mio dottore

Vuol farsi onore,

Si vuol trattar.

a quattro   Viva il buon gusto,

Viva il buon cuore.

Cosa migliore

Non si può dar.

(*Fabrizio con alcuni Servitori che portano cinque tazze di cioccolata*)

FABR.   Ecco, signori,

La cioccolata.

BELT.   È molto nera!

PASQ.   Che cosa ingrata!

BERN.   Miglior bevanda

Non so trovar.

BELT.   Alla salute

Del mio dottore.

ROS.   } *a*   Viva il messere,

    due   Viva il fattore.

FABR.

BERN.   Non si fa brindisi

Col cioccolato.

BELT.   Oh maledetto!

Mi son scottato.

ROS. } *a*   Non è già vino

due   Da tracannar.

FABR.

BELT.   Più non ne voglio;

Quel nero imbroglio

Tutti gettate.

Presto, portate (*ai Servitori*)

Fiaschi e bicchieri:

Vini sinceri

Fan giubilar.

BERN. } *a*   Il signor padre

due   Vuole scherzar.

PASQ.

FABR. } *a*   Il suo costume

due   Vuol seguitar. (*Portano i bicchieri col vino a tutti*)

ROS.

TUTTI   Questa è del Borgo

La cioccolata,

Bevanda grata,

Dolce licor.

Dunque beviamo,

Dunque cantiamo:

«Viva di cor

L'eloquentissimo

Il sapientissimo,

Il dottorissimo

Signor dottor». (*partono*)

ATTO SECONDO

SCENA PRIMA

Camera in casa della Contessa.

La CONTESSA *ed un Servitore, poi Don* ALBERTO

CONT.	Venga pur don Alberto. (*al Servitore che parte*)
	Convien dir che davvero
	Sia di me innamorato,
	Se non si sazia mai di starmi allato.
	L'amor non mi dispiace,
	Ch'ei mi suole mostrar; ma qualche volta
	Gli do qualche tormento
	Per un semplice mio divertimento.
ALB.	Perdonate, signora,
	Se nuovamente a importunarvi io torno.
CONT.	Voi siete qui tre o quattro volte al giorno.
ALB.	Quest'amaro rimprovero
	Mi passa il cor. Non mi credea, il protesto,
	Dover essere a voi così molesto.
CONT.	(Ho piacer di vederlo
	Un poco a delirar). (*da sé*)
ALB.	Da voi tornato
	Sono per congedarmi;
	Alla città portarmi
	Deggio per un affar.
CONT.	Quando si spera
	Di rivedervi al Borgo?
ALB.	Innanzi sera.
CONT.	Ora mi consolate.
	Subito che tornate,
	Favorite venire in casa mia,

	Che ho piacer della vostra compagnia.

ALB.   Ora mi deridete.

CONT.   Ah no, vi accerto,
Non vi è nessuno al mondo
Ch'io stimi più di voi.

ALB.   Oh me felice,
Se fosse ver!

CONT.   Il dubitar non lice.

ALB.   Dunque lieto ne andrò.

CONT.   Tornate presto;
E il tempo che qui resto
Senza di voi, vedrò di passar l'ore
Con quel gentil dottore
Ch'è arrivato testé bello e giocondo,
Ch'è il più amabile uom di questo mondo.

ALB.   Vi piace?

CONT.   Estremamente.

ALB.   Divertitevi seco,
Dunque, se lui vi preme.

CONT.   Se verrete ancor voi, staremo insieme.

ALB.   Compatite, signora, io non son uso
Con gli sciocchi trattare, e mi stupisco
Che lo trattiate voi.

CONT.   Sciocco il dottore?
Voi non sapete niente:
Egli è un uomo gentil, vago e sapiente.

ALB.   (Questo è troppo soffrir). (*da sé*)

CONT.   (Smania il meschino).

ALB.   Ah, comprendo pur troppo il mio destino.
Ciascun la grazia vostra
Meglio di me può meritar. Mi veggo
Fieramente avvilito,
Se un indegno rival mi è preferito.

Conosco e vedo
Ch'è un folle inganno,

Se all'arte credo
Di un cuor tiranno,
Che si compiace
Nel tormentar.
Ma a quell'indegno
Non la perdono;
Son nell'impegno,
Saprà chi sono,
Né speri in pace
Di trionfar. (*parte*)

SCENA SECONDA

La CONTESSA, *poi* BELTRAME

CONT.   Povero don Alberto,
Non sa ch'io mi diverto;
Che lo sciocco dottor conosco anch'io,
E che inclina a lui solo il genio mio.

BELT.   Oh di casa! (*di dentro*)

CONT.   Chi è là?

BELT.   Son io, signora.
Vedete? ho domandato,
Pria di venire nella vostra stanza,
Perché non dite che non ho creanza.

CONT.   Eh, dopo ch'è tornato
Vostro figliuol dottore,
Voi principiate a divenir signore.

BELT.   Padrona sì; sappiate
Che il signor Bernardino
Oggi v'invita al suo primier banchetto,
E l'invito vi manda in un viglietto.
Eccolo; mi ha insegnato,
Il dottor mio figliuolo,

Le carte presentar col ferraiuolo.

(*presenta il viglietto sopra un lembo del suo tabarro*)

CONT.   Da qual parte è venuto

Questo cerimoniale?

BELT.   Credo sia un complimento dottorale.

CONT.   Buono! Ma s'ei m'invita

Col mezzo d'un viglietto,

Perché poi me lo reca il genitore?

BELT.   Il foglio di un dottore

Chi lo avea da portar? Non è dovere

Che lo porti un villano;

Ed in mancanza della cappa nera,

Per non mandare un semplice lacchè,

Quest'invito pensai portar da me.

CONT.   Sentiam che cosa dice. (*prende per leggere*)

BELT.   Oh che penna felice!

CONT.   Il carattere al certo

Non mi par dei migliori.

BELT.   Sogliono scriver mal tutti i dottori.

CONT.   *Madama.* (*legge*)

BELT.   Ah! cosa dite?

CONT.   *Bernardino*

Dell'una e l'altra legge

Dottore addottorato,

Con facoltà etecetera.

BELT.   Oh! codesto etecetera

È una parola gravida

Che un dì partorirà.

CONT.   *Stamane aspetta*

Seco a mangiar la zuppa.

BELT.   Ah! che vi pare?

Allevato non è nelle montagne:

Non v'invita a mangiar riso o lasagne.

CONT.   Bravo! *Stamane aspetta*

Seco a mangiar la zuppa

La Signora Madama,

Padrona colendissima,

La Contessa Clarice. Obbligatissima.

BELT. Che vi par di quei titoli?

CONT. Si vede che ha studiato.

BELT. Ma vuol esser anch'ei titoleggiato.

CONT. È giusto.

BELT.   Che ho da dire
Dunque al signor dottore?

CONT. Dite al signor monsieur,
Dottore dottorissimo,
Con tutto il mio rispetto,
Che mi fa onore e le sue grazie accetto.

BELT. Brava: *al signor Monsù.*
Non si può far di più.
Dottore, dottorissimo,
Padrone colendissimo!
Si vede che voi siete
Una brava ragazza.
Oh, fareste con lui la bella razza!

Se vi tocca il signor Bernardino,
  Vi potete felice chiamar.
  Lo sapete, non è un dottorino:
  È un dottore che fa stupefar.
Lo speziale rimane stordito;
  So che il medico è mezzo avvilito.
  Il notaro, il signor cancelliere,
  Non ardiscono farsi vedere;
  E le donne che san civettar,
  Me lo vogliono tutte mangiar.
Ma non signore,
  Il mio dottore
  Di questa gente
  Non sa che far.
  Con voi potrebbesi incontessar,
  E voi potreste dottoreggiar. (*parte*)

SCENA TERZA

La CONTESSA, *poi Don* ALBERTO

CONT.	Che importa che nel Borgo
Non vi siano commedie? Assai più vagliono
Di tutte le invenzioni teatrali
I caratteri nostri originali.
Oggi andrò a divertirmi
Con il signor dottore,
E fin ch'ei dura a delirar così.
Ma don Alberto un'altra volta è qui.

ALB.	Signora, ho un poco meglio
Pensato ai casi miei;
Veggo che non potrei
Soffrir la dura pena
Di vedermi schernir dall'idol mio,
Onde vi vengo a dar l'estremo addio.

CONT.	Quali follie son queste?
Di voi mi maraviglio.
Se andar vi preme, andate;
Ma vuò che ritorniate.
Lo voglio, lo comando,
Con quella autorità che su quel core
Voi mi donaste e mi concede amore.

    Caro, nel dirmi addio
      Voi mi piagate il cor;
      Non mi affliggete ancor,
      Non vuò penar così.
    Tenera sono anch'io,
      Provo le fiamme in sen;
      Ma tollerar convien

Fino che giunga il dì. (*parte*)

ALB.   Le credo o non le credo?

Ah, il di lei core non vedo.

Basta; ritornerò. Fidarmi io voglio

Ch'ella mi sia sincera.

Quello che si desia, si crede e spera. (*parte*)

SCENA QUARTA

Camera in casa di Beltrame.

ROSINA *sola.*

Poverina, confinata

In un Borgo ad abitar,

Se or mi veggo abbandonata,

Qual destin poss'io sperar?

Vuò fissare il mio destino,

E quel caro Bernardino,

Signor sì, mi ha da sposar.

Non ho ancora potuto

Parlargli a modo mio.

Venir lo vedo

Soletto in questo loco;

Voglio aspettarlo, e vuò sentire un poco.

SCENA QUINTA

BERNARDINO *e la suddetta.*

BERN.	Tutti voglion Bernardino,
	Tutti cercano il dottor.
	Chi mi fa un profondo inchino,
	Chi mi fa suo protettor.
	Io sto zitto e me la godo,
	Fin che posso aver il modo
	Di spacciarla da signor.

ROS.	Ehi, signor Bernardino.
BERN.	Addio, ragazza. (*con sprezzatura*)
ROS.	Favoritemi, in grazia,
	Almen per cortesia.
	(Vo colle buone, e poi verrà la mia). (*da sé*)
BERN.	(Ancor le voglio bene,
	Ma sostener conviene
	Il grado e la figura,
	E la deggio trattar con sprezzatura). (*da sé*)
ROS.	Della vostra Rosina
	Vi ricordate ancor?
BERN.	Me ne ricordo.
	Sì, mi sovvien de' giovanili errori.
	Ora è tempo di glorie, e non di amori.
ROS.	Non sarà vostra gloria,
	Né giustizia, né onor, né convenienza,
	Se voi mi abbandonate.
BERN.	Un dottore non bada a ragazzate.
ROS.	Vi ricordate almeno
	Quel che avete promesso?
BERN.	Eh, parliam d'altro.
ROS.	Voi prometteste a me.
BERN.	Sì, prendete una presa di rapè.
ROS.	Voglio che ci parliamo.
BERN.	Presto; che ora abbiamo? (*guarda l'orologio*)
	È il mezzodì passato;
	Ci parleremo poi. (*in atto di partire*)
ROS.	Fermati, ingrato. (*Arrestandolo con forza*)

Ah, così, traditore,

Tratti la tua Rosina?

Non son la coccolina?

Non son la tua vezzosa?

Il tuo pomin di rosa?

Questi occhi non son quelli

Che ti parean sì belli? e il mio bocchino,

Che ti piaceva un dì, non è più tale?

Oimè, che mi vien male,

Oimè, non posso più! Ah sventurata. (*Mostra svenire*)

BERN.   Ehi Rosina, Rosina: oh cieli! è andata.

Sono nel brutto imbroglio.

Rosina, coccolina,

Svegliati, bel pomino:

Apri quei begli occhietti e quel bocchino.

ROS.   Chi mi chiama? (*svegliandosi*)

BERN.   Son io, sono il tuo caro,

Il tuo bel Bernardino,

Il tuo bel dottorino,

Che ti vuol bene ancora,

Che ti ama e che ti adora,

Che perdon ti domanda ai propri errori.

ROS.   Vanne, è tempo di gloria, e non di amori. (*Lo respinge con forza*)

BERN.   Hai ragion, lo confesso, ho fatto male:

Son stato un animale,

Tutte le mie pazzie son terminate.

ROS.   Eh, non bada un dottore a ragazzate.

BERN.   Maledetta, direi

Quasi, la mia dottrina.

Cara la mia Rosina,

Nel sentirti parlar sì dolcemente,

Nel mirarti languente,

Mi sentivo morir, né so il perché.

ROS.   Si servi di una presa di gingè. (*gli offre tabacco*)

BERN.   Hai ragione, hai ragione;

Vendica i torti tuoi, merito peggio.

Sentimi.

ROS.   Andar io deggio:

Il mezzodì è passato.

BERN.   Ah no, per carità.

ROS.   Barbaro, ingrato!

No che non son più quella,
  Cara, vezzosa e bella,
  Che ti piaceva un dì.
  Ah, che l'amor sparì.
  Ah, che un crudel sei tu.
  No, non ti credo più,
  Mai più, mai più.
Questi occhi mori
  Non son per te;
  Grazie ed amori
  Non ho per te.
  Ah! cosa c'è?
  Piangi per me?
  Eh galeotto,
  Già me n'avvedo.
  No, non ti credo,
  Sei traditor. (*parte*)

SCENA SESTA

BERNARDINO, *poi* PASQUINA *e* FABRIZIO

BERN.   Oimè, mi viene un caldo
Che soffrir non si può. Par che le gambe
Non mi reggano più. Gli occhi si abbagliano.
Tremo, che paralitico
Par ch'io sia divenuto.
Sentomi venir male: aiuto, aiuto.

PASQ.   Che c'è?

FABR.   Cos'è accaduto?

PASQ.   Qualche mal vi è venuto?

BERN.   Sì, mi è venuto male.

PASQ.   Aiutatelo voi, signor speziale.

FABR.   Subito, immantinente.

                      Che cosa vi sentite?

BERN.   Un caldo grande.

PASQ.   Sarà febbre.

FABR.   Sentiamo. (*gli vuol toccare il polso*)

BERN.   No, non tastate qui.

FABR.   Dove, signore?

BERN.   Tutto è il mio mal nel cuore.

FABR.   Recipe per il cuore,

                  Confezion giacintina.

BERN.   Vorrei la confezion della Rosina.

FABR.   Di chi? di mia sorella?

BERN.   Per appunto di lei;

                  S'ella mi medicasse, io guarirei.

PASQ.   Scherza il signor fratello.

FABR.   Scherza il signor dottore.

BERN.   Non scherzo, no, mi ha corbellato amore.

PASQ.   Oh, questa sì ch'è bella!

                  Un dottor vostro pari

                  Non si vergogna dir ch'è innamorato?

BERN.   Non rispetta Cupido il dottorato.

                  Fatto ho quanto ho potuto,

                  Ma alfin ci son caduto.

                  Colle dolci parole e i dolci sguardi.

                  Cogli amorosi dardi.

                  Oimè, che se ci penso,

                  Tornami su il calore.

                  Più non posso parlar, mi manca il cuore.

                    Tenetemi, tenetemi,

                      Che or or vi casco qua.

Oh, povero dottore,

Sento mancarmi il cuore.

Aiuto, per pietà.

Caro speziale,

Cara sorella,

Rosina bella

Mi guarirà.

La pozioncina

Della Rosina

Per il mio male

Mi gioverà.

Il mio tormento

Si cangerà;

E il cuor contento

Giubilerà. (*parte*)

SCENA SETTIMA

PASQUINA *e* FABRIZIO

FABR.	Lo sentite, Pasquina?
	Egli ha lo stesso incomodo
	Ch'io patisco per voi. Se a lui potrebbe
	Giovar la mia Rosina,
	Voi avete per me la medicina.
PASQ.	Con tutti, a dir io sento,
	Non si adopra un egual medicamento.
FABR.	È vero; io son speziale,
	E conosco il mio male,
	E so che voi avete
	Quelle droghe ordinarie
	Che alla mia malattia son necessarie.

La polvere d'oro,

Che vale un tesoro,

Con voi si può far.

Nel vostro bel labro

Si trova il cinabro;

Si sente odorato

D'aromati il fiato;

Di zuccaro pieno

Si vede il bel cor.

Vendetela, o cara,

Non temo la spesa;

Ne voglio una presa

Per mano d'amor. (*parte*)

SCENA OTTAVA

PASQUINA *sola.*

Certo, per dir il vero,

Se offender non temessi

Di mio fratello il grado dottorale,

Maritarmi vorrei con lo speziale.

Ma so quel che mi ha detto il signor padre,

E so che maritarmi egli destina

A un dottore di legge o medicina.

Ma il signor Bernardino,

Il signor laureato,

Di Rosina si dice innamorato?

Che sposar la volesse,

Certo non crederei.

Cospetto! Se colei

Avesse mai questi pensieri insani,

La vorrei schiaffeggiar colle mie mani.

Mio fratel si sposerà

Con il fior di nobiltà,

Ed io poi mi sposerò

Colla cuffia ed il mantò.

Stupirà - la città,

E ciascuno ci dirà:

«Illustrissima signora,

Illustrissimo signor,

Riverisco, - mi esibisco

Con rispetto ed umiltà».

Oh, che gusto che si avrà!

Viva pur la civiltà! (*parte*)

SCENA NONA

Sala con tavola preparata per il pranzo.

BELTRAME *ed alcuni Servitori che vanno allestendo la tavola.*

BELT.   Via, portatevi bene,

Fatevi onor; badate

A non gli dar disgusto,

Ché il signor Bernardino è di buon gusto.

Egli dee star nel mezzo. Ignorantacci,

Quella sedia levate,

Ed a pigliare andate

Il seggiolon coi poggi. Un laureato

È ben giusto che sia differenziato.

Lascia veder quel pane.

Oibò, per il dottore

Il pan della famiglia?

Andatelo a comprar fuori di qui:

Bianco e fresco trovatelo ogni dì.

E codesta salvietta

Vi par che sia a proposito?

Cambiatela, vi dico;

Per il dottore ne ho comprato sei.

Arrabbiarmi per questo non vorrei.

Ehi, andate in cucina

La serva ad avvertire

Che s'ingegni di far di buon sapore

Qualche piatto distinto al mio dottore.

Da questi villanacci

Poco si può sperar.

Non hanno niente

Di garbo e pulizia:

Un dottore non san che cosa sia.

SCENA DECIMA

BERNARDINO *ed il suddetto.*

BERN.   Padre mio, vi saluto.

BELT.   Bernardino,

Salutami in latino.

BERN.   *Salve, pater.*

BELT.   *Salve,* signor dottore.

D'imparare il latin mi casca il cuore.

BERN.   Non è l'ora del pranzo?

BELT.   Come dicesi

Pranzo in latin?

BERN.   Dicesi *prandium.*

BELT.   Bene,

Nos prandieremo or ora;

Ma la Contessa non si vede ancora.

BERN.   Cosa importa di lei?

BELT.   Per dir il vero,

Mi pare una fraschetta:

Un dottor non aspetta.

Le creanze costei dov'ha imparate?

Presto, figliuoli, in tavola portate. (*ai Servitori*)

SCENA UNDICESIMA

FABRIZIO, ROSINA *e detti, poi* PASQUINA

FABR.   Con licenza, signori.

BELT.   Come c'entra Fabrizio e la Rosina?

FABR.   Porto al signor dottor la medicina.

BELT.   Ti senti mal? (*a Bernardino*)

BERN.   Signore,

Aveva il mal di cuore;

Ma tosto che ho veduto

Venir la medicina in questo loco,

Ho preso fiato e ho respirato un poco.

BELT.   Senza pigliar per bocca,

Il male è andato via?

ROS.   Ha operato, signor, per simpatia.

BELT.   Con vostra buona grazia,

Si vorrebbe pranzar. (*a Fabrizio e Rosina*)

BERN.   Via, signor padre,

In grazia di quel ben che mi hanno fatto

Con i farmaci suoi,

Fate che stiano a desinar con noi.

BELT.   Tu che sei quel che sei,

Ti contenti di lor? (*a Bernardino*)

BERN.   Sì, padre mio,

Contento io son.

BELT.   Ben; mi contento anch'io.

Voi avrete il grand'onore

Di pranzar con un dottore,

Pien di scienza e nobiltà.

FABR.   Di un onor sì segnalato

                                      Io protestomi obbligato

                                        Alla vostra gran bontà.

                                        Oh, felice il mio destino,

} *a*   Che di stare a voi vicino

BERN.   *due*   Il piacer mi donerà!

ROS.

BELT.   Sino che in tavola

                                          Qualcosa portano,

                                        Ciascun si accomodi,

                                        E i posti prendano

                                        Di qua e di là.

BERN.   Il primo posto

                                        Si deve a lei. (*a Beltrame,*
accennando Rosina)

BELT.   Il primo posto

                                        Si deve a te. (*a Bernardino*)

PASQ.   E non mi chiamano,

                                          E non mi aspettano?

                                        E si dà in tavola

                                        Senza di me?

BERN.   La forastiera va preferita.

PASQ.   Io non ci mangio con quell'ardita.

FABR.   Con chi l'avete?

ROS.   Che cosa dite?

BELT.   } *a*   Qua non venite

         due   Per sussurrar.

BERN.

PASQ.   Che bell'onore

                                          Per un dottore

                                        Quella fraschetta

                                        Voler trattar!

ROS.   Che bel parlare,

                                            Che bel trattare!

                                        La dottoressa,

Si fa burlar.

BERN. } *due* *a* Via, ragazzine,
Siate buonine.

BELT.

FABR.

PASQ. } *a* Non mi seccate,
due Voglio parlar.

ROS.

PASQ. Degna non siete
Di star con noi.

ROS. Son, lo sapete,
Meglio di voi.

PASQ. Bella signora! (*ironica*)

ROS. Bella dottora! (*ironica*)

a due Quella grazietta
Fa innamorar.

BELT. Zitto, signore,
Siate più buone;
Oggi è il dottore
Quel che dispone.
Zitto, Pasquina,
Ch'ei vuol Rosina
Seco a pranzar.

PASQ. Sì, mio signore,
So che il dottore
La sua Rosina
Vuole sposar.

BELT. Oh cospettone!
Parla, rispondi.
Tu ti confondi? (*a Bernardino*)
Corpo di Bacco!
Presto, parlate.
Muta restate? (*a Rosina*)
Cospettonaccio!

Cosa direte? (*a Fabrizio*)

Voi lo sapete. (*a Pasquina*)

Tutto è scoperto,

Sì, ne son certo.

Brutto dottore,

Sei traditore;

Mille ducati

Tu m'hai costato.

Ah disgraziato,

Così si fa?

Subito, presto,

Fuori di qua. (*a Fabrizio e a Rosina*)

BERN.		*Salve, pater.*
BELT.		Non ti ascolto.
FABR.		Ma signore...
BELT.		Non son stolto.
ROS.		Perdonate.
BELT.		Via di qua.
PASQ.		Bravo, bravo.

PASQ. } *a*   Via di qua.
   due   Via di là.
FABR.

ROS.   Maledetta,
       Sol per te.

PASQ.   Sì, fraschetta,
      Così è.

ROS. } *a*   L'averai
   due   Da far con me.
PASQ.

TUTTI   E che la tavola
      Sen vada in cenere;
      Più non si desina,
      Si mangia tossico.
      Mi fan le viscere

Tarapatà.
Che smania orribile
Che il cuor mi lacera:
Le gambe tremano,
La testa girami
Di qua e di là.
E che la tavola
Sen vada in cenere;
Più non si desina,
Si mangia tossico.
Mi fan le viscere
Tarapatà.

ATTO TERZO

SCENA PRIMA

Camera in casa di Beltrame.

La CONTESSA *e* BELTRAME

CONT.	Caro messer Beltrame,
	Che complimento è questo?
	Sono al pranzo invitata,
	Vengo per farvi onore
	Col stomaco a digiuno:
	L'ore sen vanno, e non mi bada alcuno?
BELT.	Non si è potuto ancora...
	Perché... perché finora...
	Un certo letterato
	Col mio figlio dottore ha disputato.
CONT.	Guardate, e pure è vero;
	Delle pessime lingue
	Non ne mancano mai.
	Testé m'han detto
	Che vi fu in casa vostra una rovina,
	Perché il dottor volea sposar Rosina.
BELT.	Ah signora Contessa,
	Sono un uom disperato:
	Amor mi ha assassinato.
	Quel bastardel di Amore
	Rovinarmi pretende il mio dottore.
	Un uom di quella sorte,
	Un'arca di sapere,
	Un mostro di natura,
	Un uom sì virtuoso,
	Un uom che si può dir spettacoloso!

CONT.	(Povero disgraziato!
	Non sa quel che so io). (*da sé*) Non crederei,
	Dopo quel che mi ha detto,
	Mi facesse un'azion sì impertinente.
	(Il divertirmi non mi costa niente). (*da* sé)
BELT.	Tocca a voi, se vi preme
	L'onor d'esser sua sposa,
	Tocca a voi a parlar.
CONT.	Sì, ad ogni costo
	Perder non vuò sì amabile tesoro.
BELT.	Cara la mia figliuola,
	Quanto mi consolate!
	Piangere voi mi fate.
	Se sarete mia nuora,
	Saprò ben io rimeritarvi allora.
CONT.	Ma dov'è Bernardino?
BELT.	Il signor Bernardino
	Mandiamolo a chiamare.
	Ehi, chi è di là? (*Viene un Servo*)
	Vanne dall'illustrissimo
	Signor dottor; digli, se si contenta,
	Che da me favorisca immantinente. (*Il Servo parte*)
	Faccio per insegnare a questa gente.
CONT.	Certo è una bella cosa
	Trattar con civiltà.
BELT.	Se sarete mia nuora... Eccolo qua.

SCENA SECONDA

BERNARDINO *e detti.*

BERN.	*Salve, pater; salvete,*
	Domina Comitissa.
BELT.	Sì, sì, la *Comitissa*

Vi vuol dare un *salvete* in su la testa.

BERN.   *Quare, domina, quare?*

CONT.   Parvi che sia un trattare

Da signor, da dottore?

BELT.   Ella ti porta amore,

Ella per te sospira e si martella,

E tu colla Rosina.

BERN.   Oh bella, oh bella!

E voi ve lo credete? (*a Beltrame*)

Contessina, ridete.

Per mio divertimento

Scherzai colla ragazza; ed ha creduto

Pasquina, mia sorella,

Ch'io facessi da vero: oh bella, oh bella!

BELT.   Ah, non è ver?

BERN.   No certo.

BELT.   Non vuoi sposarla?

BERN.   Oibò.

BELT.   E non l'ami nemmen?

BERN.   Dico di no.

BELT.   Giuralo.

BERN.   Ve lo giuro

Da galantuom.

BELT.   Non basta.

BERN.   Sull'onor mio.

BELT.   Nemmeno.

Se vuoi ch'io creda, e che non pensi male,

Giurami su la laurea dottorale.

BERN.   Giuro per Giustiniano.

BELT.   Chi è il signor Giustiniano?

BERN.   È il gran legislatore.

BELT.   Giurami sul caratter di dottore.

BERN.   Sopra il mio dottorato

Vi faccio il giuramento.

BELT.   Ah, ti credo, ti credo; or son contento.

Era impossibile,

Che un cor sì nobile

Quella pettegola

Volesse amar.

Contessa amabile,

Cupido e Venere

Quel cuor sì tenero

Vuol consolar.

Son tutto in giubilo,

Ritorno giovane,

Un bel solletico

Mi fa brillar. (*parte*)

SCENA TERZA

La Contessa *e* Bernardino

BERN. (Dopo quello che ho fatto,

E che ancor non si sa, se il padre irrito,

Il buon tempo per me sarà finito). (*da sé*)

CONT. (Non sa che mi sia noto

Quel che pubblico ha reso

Dopo del suo ritorno il cancelliere;

E mi voglio cavar doppio piacere). (*da sé*)

BERN. Voi sapete chi sono;

Creduto non mi avrete

Di una viltà capace,

E chi aver non mi può, lo soffra in pace.

CONT. Tutte sospireranno

L'onor di possedervi.

BERN.   Oh, se sapeste!

Quando mi dottorai,

Per la cittade andai

Coi tamburi e le trombe e col bidello,

	E mi dicean tutte le donne: oh bello!
CONT.	(Oh, pazzo da catene!) (*da sé*)
BERN.	Voi mi volete bene?
CONT.	Potete immaginarvi!
	Chi potria non amarvi?
BERN.	Datemi dell'amore un testimonio.
CONT.	Non si potrebbe fare un matrimonio?
BERN.	Con chi?
CONT.	Fra voi e me.
BERN.	Dite davvero?
CONT.	Il labbro mio è sincero.

Pensateci, signore:

Ritornerò fra poco.

(Vuò con tutti costor prendermi gioco). (*da sé*)

Che bel piacere,

  Che bel diletto,

  Giocondo in petto

  Serbare il cor.

Non vi è nel mondo

  Piacer maggiore

  Di un dolce amore,

  Di un grato ardor. (*parte*)

SCENA QUARTA

BERNARDINO *e* PASQUINA

BERN.	Non so che dir: Rosina
	Veramente mi piace;
	Perderla mi dispiace;
	Ma per questa ragione io non vorrei
	Precipitare gl'interessi miei.
	Pur troppo ho da sentire

PASQ.

BERN.

PASQ.
BERN.
PASQ.
BERN.

PASQ.
BERN.
PASQ.

BERN.

Mio padre a strepitar, e se potessi

La contessa Clarice aver in sposa,

Rimediato sarebbe ad ogni cosa.

Bravo, bravo davvero!

Bella riputazion!

    Su via, sorella,

Per la sposa novella

Preparate le stanze.

     E chi è costei?

Una che è degna degli affetti miei.

E Rosina?

   Rosina

Per sempre dal mio cuor l'ho discacciata.

Se voi dite davver, son consolata.

I pari miei non scherzano.

Viva il signor fratello,

Viva il signor dottore!

Per grazia, per favore,

Il nome della sposa

Mi permette, signor, ch'io gli domandi?

La contessa Clarice ai suoi comandi. (*parte*)

SCENA QUINTA

PASQUINA, *poi* FABRIZIO

PASQ.

FABR.
PASQ.

FABR.

La contessa Clarice?

Capperi! questo sì ch'è un buon partito.

Nobile anch'io ritroverò il marito.

Pasquina.

   Con licenza,

Un poco di signora.

Tempo vi par di tormentarmi ancora?

Se sposa mia sorella

Sarà di Bernardino.

PASQ. Il signor Bernardino

È sposo, è ver, ma non della Rosina.

Egli sposar destina,

Egli d'amar s'impegna

Una che del suo cuor sarà più degna.

FABR. E chi è costei che ha meriti sì grandi?

PASQ. La contessa Clarice ai suoi comandi.

FABR. Dunque mi disprezzate?

Dunque più non mi amate?

PASQ. Anzi vi voglio ben, ma...

FABR.   Questo *ma*

Cosa conclude mai?

PASQ. Oh, il *ma* vuol dire delle cose assai.

Col *ma* talor si toglie,

Col *ma* talor si dona,

Ora è cosa cattiva, ed ora è buona.

Per esempio, si suol dir:

Quella tale già si sa,

Che è ripiena di bontà,

Ma...; e la tale suol passar

Per l'idea dell'umiltà,

Pe 'l ritratto d'onestà,

Ma...: ed il bene che si ha detto,

Tutto in fumo se ne va.

Dico anch'io vi voglio bene,

Ho per voi della pietà,

Ma...: il mio *ma* cosa vuol dire?

Qualchedun vel spiegherà. (*parte*)

SCENA SESTA

FABRIZIO *solo.*

Senza che me lo spieghi,

L'ho capita da me.

Vuol dire io v'amo,

Ma sono una fraschetta;

Vuol dir quella civetta:

«Ho promesso, egli è ver, ma cangio tuono;

Non vi vorrei mancar, ma donna io sono».

È l'amore un certo mare,

Che si pena a navigar,

Dove spesso a naufragare

È costretto il marinar.

L'incostanza delle belle

Suscitar fa le procelle;

Della femmina l'orgoglio

È l'arena ed è lo scoglio

Che fa l'uom precipitar;

E credendo entrar in porto,

Si ritrova in alto mar. (*parte*)

SCENA SETTIMA

Sala.

BELTRAME *e* BERNARDINO, *poi* PASQUINA

BELT.   Oh caro! oh benedetto!

Evviva il mio dottore! La Contessa

Or or ritorna qui,

E le nozze si fanno in questo dì.

BERN.   Vedete, signor padre?

Finsi colla Rosina,

Sol per ingelosir la Contessina.

BELT.	Bravo, bravo davvero!
	Oh benedetti
	I denari che ho speso!
	Oh, caro il mio dottore,
	Eccoti un bacio, e te lo do di cuore.
PASQ.	Ehi, l'avete saputo? (*a Beltrame, con allegria*)
BELT.	Di che?
PASQ.	Di Bernardino.
BELT.	Del signor Bernardino.
	Avvezzati anche tu,
	Acciò impari da noi la servitù.
PASQ.	È ver, me ne scordai.
BERN.	Cosa volete
	Raccontare di me? (*a Pasquina*)
PASQ.	Lo sa che avete
	Da sposar la Contessa? (*a Bernardino*)
BELT.	Sì, lo so.
PASQ.	Che bel piacer!
BELT.	Che bel contento avrò!
BERN.	Eccola per l'appunto.
PASQ.	Eccola la signora.
BELT.	Vo con rispetto ad incontrar mia nuora. (*S'avvia verso la Scena*)

SCENA OTTAVA

La CONTESSA, *Don* ALBERTO *e detti.*

CONT.	Perdonate, signori,
	S'io vengo in compagnia.
BELT.	Anzi mi fa piacere
	Il signor cancelliere:
	Ei formerà il contratto.
	Quello che s'ha da far, facciamlo a un tratto.
BERN.	Subito, da seder.

PASQ.   Sedete qui,

          Cara la mia cognata.

CONT.   Cognatina gentil, bene obbligata.

BELT.   Qua lei, signor dottore,

          Presso della sua sposa.

          Qua il signor cancelliere,

          La Pasquina, qua io.

          Ma che piacer, ma che piacere è il mio!

CONT.   (Ecco Fabrizio, ecco Rosina; affé.

          Della commedia il fin lungi non è). (*da sé*)

SCENA NONA

FABRIZIO, ROSINA *e detti.*

FABR.   Perdonate, di grazia.

BELT.   E che volete?

PASQ.   Ve ne potete andare.

BERN.   (Ah, Rosina mi vuol perseguitare). (*da sé*)

ROS.   Noi non siam qui venuti

          Le nozze a disturbar di lor signori.

          Godino pur de' fortunati amori.

FABR.   Anzi, se si contentano,

          Nel loro matrimonio

          Posso servire anch'io di testimonio.

BELT.   (Non facciamo rumori:

          Tacete, e sopportate). (*a Bernardino*)

          Se volete restar, dunque restate. (*a Fabrizio e Rosina*)

ROS.   (Chi principia di noi?) (*piano a Fabrizio*)

FABR.   (Meglio sarà che principiate voi). (*piano a Rosina*)

ROS.   Ascoltate, signori:

          Vi son certi rumori

          Sparsi per tutto il Borgo,

          Che sia il signor dottore

	Dottorato non già, ma un impostore.
BELT.	Ah, lingue scellerate!
	Subito immantinente
	Va a prendere il diploma;
	Che si mandi per tutto,
	Alle case, ai ridotti, alle botteghe,
	L'autentica legal del dottorato.
BERN.	Ancor non mi hanno dato
	Il privilegio mio, perché vi mancano
	I rotondi sigilli e le coperte,
	E l'arma nostra ricamata in oro.
BELT.	L'arma, l'oro, i sigilli! oh che tesoro!
FABR.	Ma intanto per il Borgo
	Di lui si parla male.
BELT.	Cosa sapete voi, signor speziale?
CONT.	Se alcuno ha qualche dubbio,
	Se del signor dottore
	Il ver brama sapère,
	Il signor cancelliere,
	Ch'è andato e ritornato
	Oggi dalla città,
	È informato di tutto, e lo dirà.
BERN.	Non occor che s'incomodi. (*a don Alberto*)
BELT.	Eh, lasciamolo dire. (*a Bernardino*)
	Cosa sapete voi? (*a don Alberto*)
ALB.	Portata ho meco
	La copia del diploma autenticata.
	Eccola qui firmata. (*mostra un foglio a Beltrame*)
	Mirate i testimoni
	E il segno notariale.
BELT.	Cosa direte voi, signor speziale?
BERN.	(Che diavolo sarà?) (*da sé*)
BELT.	Via, leggetela un po', giacché siam qui.
ALB.	Ascoltatela ben; dice così.
	Noi qui a piè sottoscritti,
	Per onor, per decoro

Del dottorale nobile ornamento,

Fede facciam con nostro giuramento

Che Bernardin dal Borgo

Non fu mai laureato;

Che i quattrini ha mangiato

Al pover genitore;

Non fu, non è, né sarà mai dottore.

BELT. Bernardino!

BERN.   Dirò la verità.

Son dottore benissimo,

Rispetto al mio saper; mancami solo

La solita funzion. Se voi volete

Replicare il danaro un dì sborsato,

Torno subitamente addottorato.

BELT. Ah cane! ah manigoldo! in tal maniera

Assassini tuo padre? Io, io senz'altro

Vuò addottorarti, indegno,

Con un pezzo di legno. Ah, disgraziato!

Per il tuo gran sapere

Tu tornasti un somaro, ed io un messere. (*parte*)

PASQ. (Povera me! m'ha colto

Un fulmine improvviso.

Non ho cuor di mirar nessuno in viso). (*parte*)

CONT. Serva, signor dottore,

Ella ha speso assai bene i suoi denari.

Imparate a mentir con le mie pari. (*parte*)

ALB. Imparate a usurpar con tal dispregio

Del degno alloro il venerabil fregio. (*parte*)

FABR. Signor, se tal rimprovero

Vi causa indigestione,

Anderò a prepararvi una pozione. (*parte*)

SCENA DECIMA

BERN.   (Povero Bernardin! son disperato). (*da sé*)

ROS.   (Mi voglio vendicar di questo ingrato). (*da sé*)

BERN.   Ah Rosina, io son perduto,

E di me cosa sarà?

A voi sola chiedo aiuto,

Spero sol da voi pietà.

ROS.   Dice a me, signor dottore?

Non lo credo in verità;

Avvilir non deve il cuore

Un signor di qualità.

BERN.   Gioia mia, chiedo perdono.

ROS.   No, sì stolida non sono.

a due   Che tormento - che mi sento!

Che martello - amor mi dà!

BERN.   Rosina bella, eccomi qui.

ROS.   Ah, se credessi... direi di sì.

BERN.   Se mi volete,

Vostro son io.

ROS.   Vi sdegnerete

Dell'amor mio.

BERN.   No, mio tesoro,

Che per voi moro.

ROS.   Ah traditore,

Mi rubi il cuor.

a due   Queste son glorie,

Son le vittorie

Del dio d'amor.

BERN.   Dammi la mano, o cara.

ROS.   Son di un dottore indegna.

BERN.   Dammi la mano, o bella.

ROS.   La nobiltà si sdegna.

BERN.   Non tormentarmi più.

ROS.   Un mancator sei tu.

Meriteresti...

| BERN. | Il so. |

ROS.   M'inganneresti?

BERN.   Ah, no.

a due   Quello ch'è stato, è stato;

Torni ridente il fato

Delle mie brame al par;

E d'Imeneo la face

Renda al mio cor la pace,

Tornisi a giubilar.(*partono*)

SCENA ULTIMA

BELTRAME *con alcuni strumenti rusticali, fermando* BERNARDINO, *e conducendolo per mano.*

BELT.   Qua, qua, signor dottore,

A un uom del suo valore

La laurea dottoral che gli si aspetta

È la zappa, il badile e la vanghetta.

(*gli presenta tutti questi strumenti rusticali*)

BERN.   Oh, non v'incomodate.

Invece della laurea dottorale,

Ho pigliato l'allor matrimoniale.

Ella è mia moglie alfin.

BELT.   Va, disgraziato,

Nella birbanteria sei dottorato.

TUTTI   Il dio degli amori

Fa presto dottori

Chi studia quel libro

Che fa innamorar.

FABR.   Anch'io l'ho studiato

E mi ho innamorato,

E vuò, se mi vuole,

Pasquina sposar.

PASQ.   Per me son contenta
                 Fabrizio sposar.
BELT.   Io torno messere,
                 Io torno fattore.
                 Lavori il dottore,
                 Se vuole mangiar.

                 TUTTI

Di già l'impostura
  Non regna, non dura,
  Ché alfine l'inganno
  Si suol scorbacchiar.

Fine del Dramma.